Negishi Yoshio
根岸善雄

—句集—

潺潺《せんせん》

角川書店

目次

装丁●吉原敏文
本文デザイン●ベター・デイズ

句集

潺潺

筒鳥

平成二十一年―二十二年

常着きて身軽くなりし四日かな

十指もてつつむ余寒の白湯茶碗

遠野　三句

雪の田に巨き足あと民話郷

獣らの跡たどりゆく斑雪山

遠野郷河童棲むてふ淵凍てぬ

蝕了へしあとの臘梅月夜かな

梅月夜顔見分かねど吾子来たる

落柿舎の軒より雪解雫かな

白樺の幹に日射しつ涅槃雪

紬着る齢となりぬ養花天

ウェストン祭歩荷も歌に加はれり

夏炉焚き登山者を待つ肩の小屋

雲表にわが影伸びぬ御来迎

雲海のうへに夜明の西穂小屋

奥穂高雲脱ぎそめぬ星鴉

駒草や雲飛ぶ尾根の縦走路

谷川岳一の倉沢　五句

大瑠璃や岩壁を雲騰りゆく

登山路を雲つつみけり雷火立つ

獅子独活や雲裂けて聳つ双耳峰

雪渓の風に登山者立ち憩ふ

岩鏡声かけ合ひて岩を攀づ

聞き耳を立てて秋声聴かむとす

奥秩父　三句

白障子貼り替へ納戸神祀る

鹿垣を結ひし夜鹿のこゑ近し

庭先に瓜坊を飼ふ杣家族

妙義嶺の雲晴るる朝蕎麦刈れり

街はづれにて寒柝を天に打つ
寒柝に応へまたたく幾星座

木枯に亡き子の声を聴く夜かな
こころ癒さむと雪降る街に出づ

越後村上　三句

瀬波立て鮭遡りつぐ夕月夜

捨てられし鮭打棒や番屋閉づ

朝市の乾鮭片身削ぎて売る

凍滝に月光蒼きまで透ける

凡日のごとくに古稀の年迎ふ

たたなはる甲斐の山垣桃咲けり

国東　二句

磨崖仏花菜浄土を見給へり

童顔におはす遅日の磨崖仏

別府　二句

湯けむりを飛燕截りゆく海地獄

落花ただよへる血の池地獄かな

北九州

落し文拾ふ多佳子の旧居跡

鹿尾菜籠したたるを海女背負ひ来る

八甲田山　三句

新緑をきそへり山毛欅も白樺も

梅雨の森赤翡翠のこゑひびく

梅雨霧も風もさみどり山毛欅林

酸ヶ湯温泉

花空木硫気噴く香のいづこより

田代湿原　三句

小梅蕙草湿原を霧押しうつる

綿菅に日射せば群るる高嶺蝶

朽木より生ひて二葉の山毛欅若葉

雲井の滝

万緑の宙より落ちて滝となる

木曾駒ヶ岳　千畳敷カール　四句

岩稜の岩に憩へば風は秋

落石のこだま冷まじ氷河跡

霧湧きてたちまち隠すお花畑

雲上の落暉珠なす岩燕

筒鳥のこゑ谺より幽かにて
火口湖に射す山月の冷まじや

闇いよよ深し木枯歇みてより

雪吊の荒縄の香の庭暮るる

眠りたる山に抱かれて村睡る

皓皓と月蕭蕭と斑雪山

朱鷺

平成二十三年―二十四年

伊豆沼　四句

寒雁のこゑ明星に韻きけり

寒雁の寝てみちのくの闇邃し

雁発つを待つ暁闇の息白し
栗駒山目指し寒雁群れ飛べり

無欲てふ安らけきときき亀鳴けり

麦秋の日のゆがみ落つ利根磧

水音とも声明かとも安居寺

厭はれず厭ひつつ生きむ衣紋竹

男体山蒼然と聳つ雹のあと

燈心蜻蛉《とうすみ》の翅たをやかに秋立ちぬ

落日を讃へて炎立つ曼珠沙華

郁子の蔓引けば俄かに日が暮るる

世に疎きたつき愉しむ秋螢
松虫も太白星も野に澄めり

羽黒山　二句

修験者の法螺貝の音の冷まじや

羽黒山宿坊の夜の菊膾

邯鄲のこゑ声明となりて夜へ
夕月の微光まとひて鳴くすいと

佐渡　四句

身に沁みて松籟を聴く真野御陵

秋蟬のこゑ透く野外能舞台

朱鷺降りてたそがれの畦緊りけり

鷗舞ふ釣瓶落しの沖に佐渡

京都　六句

紅葉散り敷くのみ時雨亭の跡

蟷螂の枯れて縋れる去来墓

笹鳴や祇王寺の門閉ぢてより

庭の竹伐りて垣結ふ厭離庵

冬菊や訪ふ人まれの定家塚

落柿舎に座して色なき風聴けり

谷川岳双耳削ぎ立つ寒露かな

身に沁みて読む友の名の遭難碑

暁闇の明星ひとつ初氷

白扇を発止と打ちて初稽古

連凧の高さを競ふ湖日和

篳《ひち》篥《りき》に似て非なる音の虎落笛

日光　四句

戦場ヶ原地吹雪ながら昼の月

軒氷柱払ひ注連結ふ湯華小屋

幾氷柱鎧ひて湯滝とどろけり

晴雪の野に降りて鷹なに獲しや

奥秩父　四句

倒れ木の山毛欅の芽吹ける雪崩あと

段畑の石組を積む斑雪村

深谿を蔽ふ夜明の雪解靄

蒟蒻薯納屋に寝かせる余寒かな

佐渡　五句

春雪のつのれる世阿弥流刑の地

藁屋根の朽ちて朧の能舞台

茅積みて屋根替を待つ能舞台

水張りし田に朱鷺の来る蕗の薹

山椿落ち敷くのみの真野御陵
野の風の優しくなりぬ蕗の薹

滝津瀬を逸るる瀬のあり水芭蕉

白根葵咲けり落ち合ふ瀬のほとり

羽黒山　三句

ほととぎす宿坊朝の護摩焚けり

慈悲心鳥こゑ降る羽黒山詣

鵺鳴ける尾根を夜駆けの修行僧

納屋の戸に作業着を乾す鵙日和

雪の狩　十句

積み上げし年木の嵩やまたぎ小屋

悴みて明日の猟期し銃磨く

雪の夜の炉火を絶やさぬまたぎ小屋

雪嶺の日の出に猟夫手を合はす

猟夫らの発つや切火を背に受けて

切株に猪待つ猟夫息白し

雪林を猪駆け過ぎしあと著し

猪射ちし合図の呼子天に吹く

猟夫らの猪担ぎくる雪の尾根

猪鍋をかこむ猟夫の茶碗酒

三光鳥

平成二十五年—二十六年

東日本大震災の津波で多くの生徒が
犠牲になりし大川小学校廃墟等　五句

生徒亡き雪の校舎に合掌す

大川小学校いまだ廃墟や雪すさぶ

浮寝鴨津波に落ちし橋いまも

津波あとのこる店先冬菜売る

待ち人の立札凍てぬ津波あと

深空よりひかりと降りぬ初雲雀

田の神に先づ鋤供ふ春祭

日の燦と射す啓蟄の荒磧

鳥雲に木地師の指の轆轤胼胝

早蕨を茹でて木地師の昼餉なる

夜も響く雪解しづくの木地師小屋

曲屋の炉を焚く八十八夜寒

炎天の石工おのれの影を彫る

眩《めくら》みしとき炎天を涼気過ぐ

江戸切子風鈴吊れば夜風来る

炎昼の刻こぼれつぐ砂時計

師の言葉耳朶に残れり喜雨亭忌

ガラスペンもて文を書く夜の秋

青簾吊りてきのふはもう古し
庭箒立て掛けてある白露かな

山彦のわが声稚しななかまど

十六夜の湖の面に鴨水尾曳けり

画箋紙に青墨にじむ寒露かな

ほろ酔ひの馬の前脚村芝居

青棗落日歪みつつ沈む
マスク取るこころ抜きて話すとき

海彦を呼ぶ声ならむ鰤起し

雪を待つ葉を棄てし木も遺す木も

富士あはき寒九日和やたなご釣

命綱結ひて藁家の雪卸し

カナダ　四句

ロッキーの山眠りけり氷河湖も

箆鹿の雌呼ぶこゑや小雪舞ふ

雪嶺のたまゆら炎ゆる冬落暉

ロッキーの雪嶺月下きそひ聳つ

コロンビア大氷河　二句

大氷河統べて翔りぬ尾白鷲

凍滝のいく筋懸かる氷河あと

バンフスプリングス

夜の暖炉篦鹿の角壁に古り

ケベック市　二句

城塞址大砲凍てて残るのみ

冬薔薇を出窓に飾る旧市街

ナイアガラの滝　三句

滝しぶき浴びし髪凍つ滝見船

大瀑布飛沫に冬の虹二重

滝見台崖に丈余の幾氷柱

深深と雪潺潺と野川あり

鳥雲に晩節潔くありたしや

しみじみと白湯を味はふ養花天

ぬばたまの月光菩薩花童子

奈良

薫風を容るる直哉の旧書斎

東大寺

かなかなや良弁杉の暮れてより

まなうらに甚平の師や喜雨亭忌

白地着て訪ふあてもなく街に出づ

三光鳥樅の梢《うれ》よりこゑ降らす

耳鳴りかはた幻聴か鵺鳴けり

亡き子の名記す流燈胸に抱く

湖風のつよし初雁来る頃か

筑波嶺の空にかげ曳き雁来たる
七十路は遊行に似たり龍の玉

ドイツ　二句

落日のいく丘葡萄摘み了へぬ

秋夕焼なり城塞も尖塔も

ノイシュバンシュタイン城

白堊城粧ふ山を統べて立つ

スイス　三句

登山電車縫ひゆく牧の草紅葉

アイガー北壁映す氷河湖水澄めり
秋麗のレマン湖ヨットひとつのみ

パリ

佐伯祐三描きし家並の身に沁むや

ルーブル美術館

「ニケの像」館内の冷迫り来る

黒鶫

平成二十七年—二十八年

白樺も湖畔の芦も霧氷晴

寒禽のこゑこぼれくる雑木山

狐火の亡き子を憶ふ夜は炎えむ

風花のあとの夕空紺ふかし

雪嶺の谺は考のこゑかとも

嫁ぐ日の決まりし吾子の雛飾る

長女矩子結婚

百千鳥こぞりて讃ふ祝婚歌

魞挿して夕さざなみの余呉の湖

水底に日輪透ける種下し

万蕾の中さきがけの一花あり

白無垢といふ翳りあり花辛夷

天空に泛く甲斐駒や余花曇

降ろされて目玉ばかりの鯉幟

螢籠庭に夜風をいざなへり

軽井沢　野鳥の杜　六句

筒鳥に明けて浅間嶺雲もなし

三光鳥鳴きつぎ樅を霧つつむ

黒鶫森の木椅子に座して聴く

鵺鳴くや濃霧ににじむホテルの灯

高原の星瞬かずほととぎす

桑扈鳴き霧まとひ立つ樅大樹

螢の夜亡き子の写真掛け替ふる

胸中にいまも師のこゑ喜雨亭忌

流燈のしづかに先を急ぎけり

穴惑現れて磧の石緊る

行平に白粥を炊く寒露かな

夕雁のこゑ伊豆沼の空蔽ふ

暁闇の雁いつせいに沼を発つ

一期は夢一会はうつつ冬霞

我が寄れば枯木の影も吾に倚る
むささびの翔くる月夜の霧氷林

木枯は亡き父母亡き子の声ならむ

振り向けば狐火すでに失せにけり

筑波嶺の風に背を向け蓮根掘

枯菊を焚きて耕二忌修しけり

蕗の薹土に還りし父母よ子よ

筑波嶺の暮れて帰雁のこゑ残る

立春大吉庭木手入れの日和なり

孫　百桃《もも》誕生

産声に応へて桃の咲きそろふ

さきがけし一花のあとの花万朶

轆轤挽く手の泥乾く雲雀東風

甲斐駒岳新緑の尾根統べて聳つ

山の温泉のぬるき卯の花腐しかな

むささびの頭上を翔くる梅雨月夜

炎昼の筑波嶺あはく師の忌来る

ぬばたまの闇廻り出す走馬燈

邯鄲のこゑ断つ驟雨到りけり

闇降りて来る邯鄲の利根磧
邯鄲の翅のさみどり透く月夜

たそがれて秋冷山毛欅の幹のぼる
夕焼の雲にひびきぬ瓢の笛

立山　四句

山よりの風湿りくる夕花野

餓鬼の田を日照雨過ぎゆく濃龍胆

立山に生絹の雲や雁渡る

劔岳雲脱ぎて神還りけり

柘榴の実裂けて山河の晴れわたる

月明にいそぐ棚田の晩稲刈

夕雁のひと声に湖緊りけり

青刈の藁の香勁し注連作

寝返りを打ちても霜の降る音す

臘梅の香に立つ喜寿を迎へけり

夜鷹

平成二十九年—令和元年

奥日光　四句

風花の天眩しめば白根聳つ

露天湯の孤燈に雪の聚れり

倒れ木の根方や樺の二葉萌ゆ

夜の尾根を鹿鳴き移る斑雪山

ぬばたまの子の忌の朧月夜かな

鶏合せ軍鶏の蹴爪を研ぎて待つ

茂吉忌の雪の蔵王嶺夕焼けたり

天翔くるさまの月夜の花辛夷

益子　二句

轆轤挽く手をとめて聴く夕雉子

窯入れを待つ壺と皿囀れり

台本に朱筆の目立つ傘雨の忌

白牡丹おのれの影に崩れけり

山月に鏡なす湖鳴く夜鷹

糶箱を逃げ出す蛸の糶られけり

流鏑馬を待つ射手若し青葉風

流木の沢を堰き止む男梅雨

刈り干しの十薬の香の夕月夜

鳥渡り潮来にのこる舟大工

白樺のあはき葉かげを踏みて秋

うつせ貝渚に拾ふ雁渡し

稔り田の風に乗りくるまつり笛

書斎の灯消せば今日了ふ虫時雨

霞ヶ浦　三句

初雁のこゑ暁闇の湖に落つ

秋麗の浦風うけて帆曳船

蓮の実の飛んで筑波嶺日和かな

有為のおくやまより湧きて雪螢

奥日光　三句

地吹雪の天や幽かに奥白根

戦場ヶ原かけて鷹舞ふ深雪晴

吹雪く夜の牛舎見廻る牧夫の灯

蒼穹にひと刷の雲冬桜

起上り小法師ころりと起きて雪

田起しにほどよき雨や春彼岸

畦川にひかりあふるる雲雀東風

昼酒にいささか酔ひぬ三鬼の忌

鶏鳴の峡にこだます梅日和

牛の仔の親恋ふ八十八夜寒

馬柵に干す牧夫の靴や風薫る

牛群れて牧舎にもどる夕黄萱

壁に吊る搾乳日誌露けしや

肩ぐるませし子に茅花流しかな

師はいつも正座くづさず喜雨亭忌
消ゆるまで吾子の流燈見送れり

荒縄に括りて背負ふ葛根掘

夜夜待ちし初雁のこゑ聴きて眠る

王祇祭（黒川能）八句

御神体当座に迎ふ吹雪く中

冴ゆる夜の若衆能座を拭き清む

熱燗を酌みて出を待つ能役者

一笛に当座私語断ゆ寒夜能

白息をかけ鼓打つ囃子方

幕間に客にも頒つ凍豆腐

真夜出番待つ雪焼の狂言師

面つけて所作鬼女になる寒夜能

馬塞棒に馬の嚙みあと雪降れり

流し雛荒瀬のしぶき浴びにけり

花守の樹の幹敲き讃へけり

まどろめば日暮来てゐる花疲

ぬばたまの月夜のからす瓜の花

松籟か潮騒か夜の新茶汲む

秋天に架けし庭師の高梯子

新蕎麦粉打つ香あふるる水車小屋

佐渡の灯の怒濤に失せぬ鰤起し

大鍋にはうたう滾る里神楽

凍鶴の地に曳く影も凍てにけり

こころにも風つのる夜や葛湯溶く

落葉松

落葉松の新芽に山の日の優し

落葉松の枝の混み合ふ芽吹時

落葉松の暮れて風花虚空より

落葉松の雪解かすみを夜夜纏ふ

落葉松の天に余寒のいく星座

落葉松の枝うちあへり涅槃西風

落葉松の萌黄かすみや穂高聳つ

落葉松の空かがやきて燕来る

落葉松の径ひとり往く西行忌

新緑の落葉松はわがこころの木

男体山霽れて落葉松若葉かな

落葉松に梅雨満月の暈二重

青梅雨の落葉松をわが師と仰ぐ

梅雨霧の奥も落葉松その奥も

甲斐駒のうかぶ落葉松梅雨月夜

月明の落葉松の尾根鵺鳴けり

落葉松に日照雨きらめく半夏生

落葉松の闇に溶けゆく青葉木菟

落葉松の朝靄晴れて瑠璃鳴けり

落葉松林ゆけば涼風蹤いてくる

夜鷹鳴き落葉松の闇ひしめくも

落葉松の幹裂けて立つ日雷

炎天の落葉松は宙支ふる木

落葉松の木陰に佇てば風は秋

落葉松の天の絹雲秋立てり
たそがれの落葉松の香の身に沁むや

落葉松の月影寧き白露かな

十六夜の落葉松を霧つつみゆく

落葉松の瑞枝の月の露けしや

落葉松に木菟の眼燃ゆるそぞろ寒

霧晴るるとき落葉松の香の勁し

落葉松に熊の爪あと冷まじや

月明に炎立つ落葉松黄葉かな

落葉松の黄葉金色浄土絵図

落葉松のあをき実拾ふ寒露かな

落葉松に霜降の日のあまねしや

音立てて落葉松散りぬ啄木鳥《けら》こだま
落葉松の落葉しぐれの日が暮るる

落葉松の落葉踏むわが跫音のみ

落葉松の夕空かけて時雨虹

裸木の落葉松に亡き父憶ふ

落葉松の寒靄まとふ夜明前

落葉松の立ち鎮まりて雪待てり

落葉松に日の透きとほる寒九かな

落葉松の霧氷燃え立つ寒夕焼

落葉松に雪しまくなり村睡る

落葉松の尾根おほひゆく雪時雨

落葉松に雪降る音を聴く夜かな

雪鎧ひ立つ落葉松は孤独の木
たそがれの落葉松を雪降りつつむ

落葉松の曳く影蒼し雪月夜

落葉松の奥に月夜の結氷湖

落葉松を赤啄木鳥《あかげら》叩く霧氷林

落葉松に繊月かかり冴返る

句集　潺潺　畢

あとがき

『潺潺』は、『霜晨』『青渦』『松韻』『光響』に次ぐ第五句集である。平成二十一年から令和元年までの三六六句を収めた。

句集名は、

深深と雪潺潺と野川あり

から採った。潺潺は、浅い川が音を立てて流れるようすの事である。

平成二十年に仕事をやめて、令和元年に傘寿を迎えたが、この間、健康のために、近くの利根川の河川敷や自動車のあまり通らない農道や畦道を、毎日散歩している。早春の畦道に沿った野川のほとりには、犬ふぐりや蒲公英が咲き、初夏の青田の風に吹かれながらの散歩は清清しいが、真夏は夕風の立つ頃に歩く。稲刈の時期には、虫の音を聴きながら散策する。また、晴雪の畦道に、自分の踏み跡をつけてゆくのは楽しいものである。何んの変哲もない畦道であるが、自然の移ろいを感じながら、無心で歩くようにしている。

また、時間の余裕が出来たので、全国各地を旅行したが、カナダやヨーロッパ各地にも行く事が出来た。旅先で観た落葉松の美しさに魅せられて、落葉松を一つのテーマとして詠むように心掛けてきた。特に、上高地や軽井沢、奥日光等の四季折折の落葉松は印象的で、毎年のように出掛けて行って詠んだ。

今回句集を編むにあたって、落葉松の句だけ別の章を設けて纏める事にした。一連の句は、数年かけて詠んだ落葉松の句を四季別に並べ替えたもので、連作や群作ではない。

今日まで俳句を続けて来られたのは、良き師、句友に恵まれたからであり、家族の理解のおかげであると、心から感謝している。

出版にあたり、角川文化振興財団の方方に、大変お世話になりました。深謝申し上げます。

根岸善雄

二〇二〇年九月

著者略歴

根岸善雄

昭和十四年十二月十日　埼玉県羽生市生まれ
昭和三十五年「馬酔木」初投句。水原秋櫻子に師事
昭和四十八年「馬酔木」同人
平成二年　馬酔木賞受賞
平成十八年　馬酔木同人会会長（令和元年まで）
平成二十年　社団法人俳人協会理事（平成二十六年まで）
句集『霜晨』（昭57）、『青渦』（平元）、『松韻』（平18）、『光響』（平23）
公益社団法人俳人協会名誉会員、公益社団法人日本文藝家協会会員、
埼玉県俳句連盟参与、「塔の会」会員、「馬酔木」同人

現住所　〒348-0053　埼玉県羽生市南三-二-一六

句集　潺潺　せんせん

初版発行　2020年11月25日

著　者　根岸善雄

発行者　宍戸健司
発　行　公益財団法人 角川文化振興財団
〒359-0023 埼玉県所沢市東所沢和田 3-31-3
ところざわサクラタウン 角川武蔵野ミュージアム
電話 04-2003-8716
http://www.kadokawa-zaidan.or.jp/
発　売　株式会社 KADOKAWA
〒102-8177 東京都千代田区富士見 2-13-3
電話 0570-002-301（ナビダイヤル）
https://www.kadokawa.co.jp/
印刷製本　中央精版印刷株式会社

 ISBN978-4-04-884393-5 C0092

角川俳句叢書　日本の俳人100

青柳志解樹
朝妻　力
有馬朗人
安西　篤
伊丹三樹彦
伊藤敬子
伊東　肇
井上弘美
猪俣千代子
茨木和生
今井千鶴子
今瀬剛一
岩岡中正
尾池和夫
大石悦子
大牧　広
大峯あきら
大山雅由

小笠原和男
小川晴子
奥名春江
小倉英男
落合水尾
小原啄葉
恩田侑布子
甲斐遊糸
加古宗也
柏原眠雨
加藤憲曠
加藤耕子
加藤瑠璃子
金箱戈止夫
神尾久美子
九鬼あきゑ
黒田杏子
小島　健

阪本謙二
佐藤麻績
塩野谷　仁
柴田佐知子
柴田多鶴子
小路紫峡
鈴木貞雄
鈴木しげを
千田一路
高橋将夫
田島和生
棚山波朗
辻　恵美子
坪内稔典
出口善子
手塚美佐
寺井谷子
名村早智子

鳴戸奈菜
名和未知男
西村和子
根岸善雄
能村研三
橋本榮治
橋本美代子
藤木倶子
藤本安騎生
藤本美和子
文挾夫佐恵
古田紀一
星野恒彦
星野麥丘人
松尾隆信
松村昌弘
黛　執
岬　雪夫

三村純也
宮田正和
武藤紀子
村上喜代子
本宮哲郎
森田　峠
山尾玉藻
山崎　聰
山崎ひさを
山田貴世
山本洋子
柚木紀子
依田明倫
若井新一
渡辺純枝
ほか

（五十音順・太字は既刊）